PRÓXIMA PARADA ALFAGUARA

El viejo tren

María Brandán Aráoz

Ilustraciones de Constanza Clocchiatti

ALFAGUARA

2004, MARÍA BRANDÁN ARÁOZ

De esta edición:

2004, Aguilar, Altea, Taurus, Alfaguara S.A.
Beazley 3860 • (1437) Buenos Aires

ISBN: 950-511-958-5

Hecho el depósito que marca la ley 11.723
Impreso en la Argentina. Printed in Argentina
Primera edición: mayo de 2004

Dirección editorial: Herminia Mérega
Coordinación de Literatura Infantil y Juvenil: María Fernanda Maquieira

Diseño de la colección: Manuel Estrada

Una editorial del grupo **Santillana** que edita en:
España • Argentina • Bolivia • Brasil • Colombia • Costa Rica
Chile • Ecuador • El Salvador • EE.UU. • Guatemala • Honduras México •
Panamá • Paraguay • Perú • Portugal • Puerto Rico
República Dominicana • Uruguay • Venezuela

Brandan Aráoz, María
    El viejo tren. – 1ª ed.- Buenos Aires : Aguilar, Altea, Taurus,
Alfaguara, 2004.
    32 p. ; 19x16 cm.- (Serie amarilla)

    ISBN Nº 950-511-958-5

    1. Literatura Infantil y Juvenil Argentina I. Título
    CDD A868

En la chacra de Mario, en un lugar perdido de la provincia de Buenos Aires, siempre pasan las mismas cosas. Día tras día, sus padres se levantan al amanecer para trabajar en el tambo.

Las vacas hacen una larga fila, mugen y mueven impacientes las colas esperando su turno. Mario ayuda a ordeñarlas, pero su trabajo preferido es dar de comer a los terneros.

Separados de sus madres, los terneros deambulan tristes por la "guachera*", hasta que Mario llega con los tachos rebosantes de leche. Entonces se empujan a su alrededor, ansiosos por recibir alimento y caricias.

—Están muertos de hambre, ¿no es cierto? —les dice Mario, riendo.

---

*Guachera: es el nombre que se le da en el campo al lugar donde están los terneros huérfanos, sin madre.

A Mario le gusta vivir en el campo, aunque a veces se aburre un poco de hacer siempre las mismas cosas. Por eso espera con tantas ganas el mediodía. A esa hora llega Nacho, el encargado de la Cooperativa Lechera, sube los tachos llenos de leche en su destartalada camioneta y le propone:

—¿Me acompañás hasta la estación, Mario?

—¡Claro! ¡Si es lo que estaba esperando! —grita, sale corriendo y sube de un salto a la camioneta.

A Mario le gusta ver llegar el tren. La máquina viene bufando apurada y rechina los frenos al entrar en la estación. Cuando él aspira su olor, entre ácido y dulzón, enseguida le dan ganas de viajar. El maquinista hace sonar el silbato tres veces, y Mario, desde el andén, lo saluda con tres chiflidos.

A la estación siempre llegan personas desconocidas cargadas con bolsos y valijas: viajantes de comercio con sus portafolios, parientes de vecinos, o empleados nuevos contratados por las cooperativas. Mientras algunos jóvenes del pueblo se van para Buenos Aires a probar fortuna, otros vienen de la capital, hartos del ruido y con ganas de trabajar en el campo.

Ver llegar el tren ¡le da una alegría a Mario! Y esperanzas. Algún día él también irá a la capital a estudiar veterinaria. Mientras tanto, ayuda a subir los tachos de leche al furgón. Y cuando la máquina arranca le da por correrla y subirse, aunque Nacho enseguida lo haga bajar.

Otras veces Nacho lo deja quedarse, y va con su camioneta a esperarlo en la siguiente estación. De esas veces, Mario no se olvida más. Parado en el último vagón de carga siente cómo el tren corre desbocado, igual que su corazón. El paisaje le sale al encuentro: árboles, animales, casas... todo va quedando atrás. Mario avanza con la cara al viento mirando hacia adelante el horizonte azul.

El tren es tan viejo que da risa, con su
locomotora desvencijada, los vagones de un verde
despintado y las manijas para subirse con más óxido
que cromo. Es el mismo tren de siempre, de cuando
los padres de Mario eran chicos y aún vivían los
abuelos.

Pero hoy no es un día igual que todos. Por el camino de vuelta a la chacra, Nacho le cuenta:

—Van a sacar el tren. Dicen que está viejo, que ya no sirve.

—¿Cómo? ¿Y por qué no lo arreglan? —Mario está desolado.

—¡A quién le interesa! Mandarán la leche en camiones, la gente viajará a la ciudad en colectivo, y yo voy a tener que jubilar la chata.

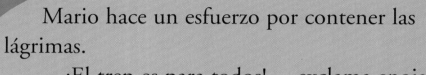

Mario hace un esfuerzo por contener las lágrimas.

—¡El tren es para todos! —exclama enojado—. Si lo arregláramos entre todos, tendrían que dejarlo.

—¡Vaya ocurrencia! —dice Nacho.

"Van a sacar el tren". "Van a sacar el tren".
Mario no puede pensar en otra cosa. Ni esa tarde en
la escuela de campo, ni a la mañana siguiente en el
ordeñe, ni a la otra, ni a la otra. Quisiera compartir
su pena con alguien, pero Mario es tímido, no tiene
muchos amigos. También es un poco orgulloso, y no
soportaría que otro chico se riera de él.

17

Está triste, distraído y por tercera vez vuelca el tacho de leche en una misma semana.

—¿Qué pasa, hijo? ¿Por qué tan descuidado? —le pregunta su padre.

—Van a sacar el tren —dice por fin Mario, ahogando un sollozo.

—Oh, vendrán camiones a buscar la leche. No te preocupes.

—Es *nuestro* tren. No pueden sacarlo.

—No importa en qué transporten la leche, mientras se venda —dice la madre, con un suspiro.

Mario baja la cabeza para esconder sus lágrimas, y calla. "Ellos no entienden", piensa. "¿Entenderá Nacho?".

Esa tarde, al volver de la escuela, toma fuerzas y busca a su amigo a la salida de la Cooperativa Lechera.

—Nacho... el tren... ¿no se puede hacer *algo*?

—Lo siento, Mario. Parece que a nadie le importa.

—¡Yo soy *alguien*! —dice Mario.

Nacho sólo mueve la cabeza.

Llega el día nomás en que el tren queda fuera de servicio. No hace falta que nadie se lo diga, Mario ve llegar los camiones que vienen a llevarse los tachos de leche. Y de repente él siente ganas de subir al viejo tren por última vez. Entonces pide permiso y se trepa en uno de los acoplados hasta la estación.

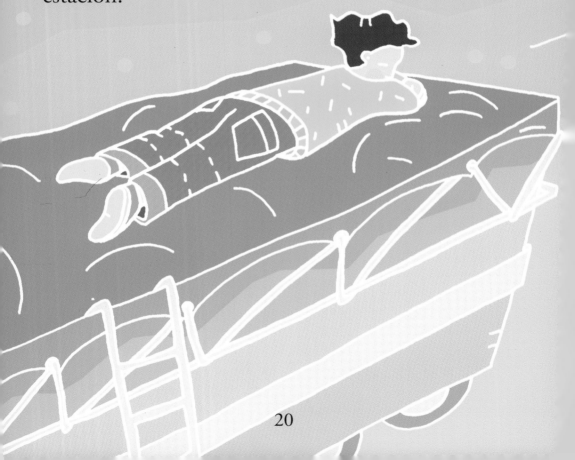

En los galpones del ferrocarril han dejado abandonada la vieja locomotora con sus vagones vacíos. Aunque no tardarán mucho en convertirse en gallineros o en depósitos de basura.

"¡Si yo pudiera hacer algo!", piensa Mario.

Pasa una semana. Ahora los días son siempre iguales para él. A la mañana, el ordeñe; a la tarde, la escuela. Su única alegría es dar de comer a los terneros huérfanos.

Cuando llega el mediodía y ve la polvareda que levantan los camiones, piensa con rabia y tristeza en su antiguo paseo hasta la estación. ¡Cómo extraña la llegada del tren y los silbatos del maquinista!

"¡Pobre locomotora!, después de tantos servicios prestados, la dejan ahí tirada", piensa con amargura. "Pero, ¿yo qué puedo hacer? Sólo tengo ocho años".

Al salir de la escuela, Mario recuerda, de pronto, que es viernes. ¡El día de reunión de los productores lecheros! Nacho se lo ha dicho muchas veces: "Los viernes cada uno propone algo, y después todos votamos". Mientras camina hacia la Cooperativa, a Mario le tiemblan las piernas.

En la puerta pregunta por Nacho, y un gaucho distraído lo deja pasar. El lugar está atestado de productores. Sólo queda una silla enclenque en la última fila del salón. Mario se sienta en el borde y mira con timidez a su alrededor. Nadie le presta atención, como si fuera invisible. Para peor, tampoco ve a Nacho por ninguna parte.

—Muchachos, ha finalizado la votación —dice una voz ronca, por el micrófono—. Si no hay más propuestas...

Mario se da cuenta de que llegó tarde; la reunión está a punto de terminar.

"Si yo pudiera hacer algo", piensa desesperado.

Y se para. Pero es tan bajito, que los productores que están sentados adelante lo tapan. Trata de hablar, y su voz suena muy débil entre tanto alboroto.

—... daremos por terminada la reunión —dice la voz del micrófono.

Desbocado, el corazón de Mario empieza a correr como el tren, cuando sale de la estación. Mario no lo quiere frenar; se para sobre la silla, mira a los demás desde arriba, y grita con fuerza:

—¡EL TREN ES DE TODOS!

Se hace un silencio.

—¿Quién es ese chico? —pregunta la voz del micrófono.

Se oyen chistidos severos; algunos productores se dan vuelta y lo miran.

A Mario le tiemblan las piernas y está colorado por la vergüenza, pero no se baja de la silla. A través del micrófono se oye otra voz, la de Nacho.

—¡Déjenlo hablar! Sus padres son productores, él también tiene derecho a decir su propuesta. ¡Hablá, Mario!

—¿POR QUÉ NO ARREGLAMOS EL TREN ENTRE TODOS? —dice Mario con una voz fuerte que ni él mismo reconoce—. Es viejo... pero todavía sirve. Y está desde... que existe el pueblo. ¿A nadie le importa, acaso? ¿No lo quieren? Al menos, que lo dejen hasta que pongan uno nuevo. Y entonces... ¡Podrían donar el viejo tren a un museo!

Mario aprieta los dientes para contener las lágrimas. De nuevo el silencio; cejas levantadas, ceños fruncidos y caras serias.

Hasta que una cabeza asiente, una mano se levanta, y otras cabezas y otras manos se contagian. De pronto todos discuten su propuesta; algunos están a favor de dejar el tren, a otros les parece difícil repararlo pero con intentar no se pierde nada.

Mario los mira feliz sin bajarse de su silla. "Arreglar el tren". *Su* propuesta está en boca de todos. Y mientras ellos hablan y hablan para ponerse de acuerdo en cómo y en cuándo arreglarlo, Mario piensa: "Ahora el viejo tren nos importa a todos".

MARÍA BRANDÁN ARÁOZ

Queridos lectores:

Siempre me encantó leer y escribir; todavía guardo los cuentos, poesías, novelas y diarios que escribía desde los ocho años. Pero como ser escritora me parecía un sueño muy lejano, fui maestra, estudié y después trabajé en periodismo.

Un día me animé y publiqué mi primera novela para chicos: *Vacaciones con Aspirina*. En ese entonces, por 1983, yo ya estaba casada y tenía tres hijas: María, Dolores y Magdalena. Ellas fueron mis primeras lectoras y también protagonistas de muchos de mis libros.

¿Cuáles les recomiendo? Para la edad de ustedes: *El globo de Magdalena, Magdalena en el Zoológico, Un carrito color sol, Luna recién nacida* y *El Hada Mau y las perfectas malvadas*. Cuando sean más grandes ya van a poder leer *Vacaciones...*, mi serie de *Detectives, Misterio en Colonia* y *Refugio Peligroso*, entre otros.

El viejo tren, la historia que acaban de leer, está inspirada en la realidad. Conozco un pueblito perdido donde hace años que el tren quedó fuera de servicio. Los chicos que allí viven, igual que Mario, quieren que lo arreglen. ¡Ojalá alguno de ellos pueda hacer algo!

Besos para todos,
María (Marita) Brandán Aráoz

Esta primera edición de 2.000 ejem-
plares se terminó de imprimir en el
mes de junio de 2004, en Patagonia
Industria Gráfica., Patagones 2772,
Buenos Aires, República Argentina.